3行詩その他125・2023

大崎紀夫

ウエップ

目次

3行詩その他125・2023

神が笑っている

その頭を

非在の死者が撫ぜにくる

（2023・1・9）

神は存在しない
故に存在する

スタンダールがそういった

俺の頭をぽんと叩いたのは誰だ

確かに

雲にかくれてゆく手を見たが

高い壁なので
壁の下に穴を掘り
隣の言葉へ侵入する

（1・11）

わたしは鉢
降ってくる言葉を溜めて
湧き出る言葉はひとつもない

（1・12）

よく晴れた春の日
男は丘へ道をゆく
女は丘へ道をゆく

別々の丘
別々の道

（2・8）

男は丘をくだる
女は丘をくだる

その先に村があり
それぞれの道が交わっている

男と女は交叉点で出会う
男は立ち止まり
女に道をゆずる

にっと女は笑い
にっと男は笑う

そして
男はまっすぐ丘への道を
女はまっすぐ丘への道を

よく晴れた春の日

街に灯がともり
通りに
解剖台が置かれる

（2・12）

（3・10）

真昼
橋に
夜が降っている

地面に棒が刺さり

棒の先は
あかるい〈非在〉

凪いだ海に
静かな雨

フクシマ

幕が降りると
楽屋に

虚空がひろがる

街はずれを
長い一列がゆく
死にゆく人たちの一列

流れ星ひとつ
またひとつ

青黒い森
黒い森

（3・12）

昼間

広場で
ピエロが泣いている

（3・13）

そしてみんな帰っていった

田んぼ道へ

物置へ

記憶に日が
当たっている
白い雲がゆく日

（3・31）

人がうたっている

舟が流され

木が流され

水すましがくるくるまわると
宇宙の夜が
ひかる

（4・3）

（4・6）

飛行機雲ひと筋

海が

揺れている

木々が繁り

その奥でいっぱい
足が生えている

どこまでも木々は錆び
水は錆び
晴れわたる

鉄鋲がいっぱい
そこらに錆びついている
昭和

その日
歌舞伎町は晴れていた
新宿オデオン座で観た
『灰とダイヤモンド』

入道雲のはるか手前を
飛んでいる
人

（4・17）

ぽつぽつと雨垂れ
ずんずんと砲声
町

川舟がきて
向う岸へ
雲を運んでいく

ダークエネルギーの中に
ぽつんと
季節

地下鉄の改札口を出ると
ふわふわと浮いている
動詞

棒が一本
燃えながら宇宙の奥へ
消えていく

（4・19）

川の水が燃え
透明に燃え
透明に流れ

壁を抜け
また壁を抜け

瓦礫

風がやむと
日が昇る
まっ白い日が

（4・30）

戦車が
真昼の底に
沈んでいる

蝶が海に出て
波音を
聴いている

土手にのぼると
まっ白な空
まっ白な月そして星

きらきらと蝶が
ひかると
風がやむ

（5・6）

風の日のノートを開くと
ばらばらと名詞が飛び去り
助詞その他が残る

炎昼の空から
はらはらはらはらと
何だか見えないが

（5・10）

どっぽんと鯉がはね
音は
夏のまん中へ

かりかりと氷がかかれ
かりかりと空がかかれ

時がかかれ

部屋にいて
床を見ていると
ビー玉くらいの闇

（5・11）

投げ槍が
ぐさりと刺さり
真昼

（5・15）

廊下を歩く
音がくる
真昼

（5・17）

ライオンが歩いている
向うに
海

（5・19）

暑い暑い
空から降ってくる
まるい死

（5・21）

皿に山羊の心臓
砂漠から
風がくる

ベドウィンのテントに灯

さらさらと

砂漠は眠り

丸い死が
広場に
積まれっぱなし

（5・24）

宇宙の端まで行ったら
その先に
手を出してみるか

（5・26）

みみずは夜に這い出して

昼

道で死ぬ

川が沈み
水が沈み
〈言葉の胎児〉が沈む

（6・1）

島の墓地に
船が着くと
死者が整列している

岬から見えるのは
沖をゆく
戦車の隊列

海底に
帆が立ち
〈非在〉が漂っている

（6・9）

空のかけらが
川面を
流れてゆく

空蟬のなかに
小さな星がある
昼

首まで水につかり
首まで土に埋もれ

それぞれが
笑っている

水は青く
その中を
稲妻が走る

白地図に
ぽとりと落ちる
鼻血

（6・13）

白地図の向うに
ひろがっている

砂漠

机の下に棲んでいる
曖昧な暗さそして
紙

炎昼の街
その街はずれの
円柱の蠅

川面をすーっといき
向う岸に着く
夕日または石

広場に
うじゃうじゃといる
反語

砂漠にしきり降り
しみこんでゆく

詩

流星が燃え尽き
空はそれから
失語

（6・15）

野っ原に
遊んでいるのは

単純な歌

坐るものがないときは
死語を積み重ねて
坐る

（6・17）

透明な言葉が
無数に漂っている

海

すれ違う電車に
何かが
乗っている

（7・1）

日が沈む
鯨が
燃えている

川をゆく鳥
あおあおと
空凍り

（7・3）

砂山に穴を掘る

くり返しくり返し

暮れるまで

水が流れ
雲が流れ

くらやみを
言葉が流れ

（7・16）

遠いところから
柄杓がのびて
月に水をかけている

（7・17）

砂漠まで歩いていき
その先で
舌を取りはずし
目を取りはずし

（7・18）

城門をくぐると
人びとの影が
ゆらめいている

シャレコーベを頭に乗せ

木々と

話している

風が吹くたび
少しずつ粉になっていく
記憶

太陽を真上に
地球をひとまわりしたが
人影がない

（7・19）

釣り人が
ゆく春
老けてしまった

（8・11）

青空に
刺さったままの
マッチ棒

（8・17）

海は澄み
空は澄み

Mais ou sont les neiges d'antin?

（されど去年の雪はどこに？――F・ヴィヨン）

戻ってこない
ブーメランを
随分投げてしまった

（8・19）

小石のそばに
小石

ずーっと小石

（8・22）

（8・23）

泉の近くで
何かぶつぶついっている
ニーチェ

城門をくぐると
笑いころげている
カフカ

噴水がはたと止まり
はたと止まる
時

壁を抜けると
壁に囲まれた
空地

（9・16）

部屋に入ると
天井から
頭が垂れてくる

（9・22）

（9・25）

波がざばっと崩れると
ざーっとひろがる

〈留守〉

波が引くと
ぷつぷつと

白い単語

塩辛い涙を出して
海鼠が
どなっている

（9・26）

モノに触れることなく
言葉は
乾く

（9・30）

パッサージュを
霧が流れ
老人が夢を見ている

詩人から
機械の本の注文がきて
砂漠へ本を送る

俺がここにいて
モノがそこにある

空がない

棒が木によりかかっていて

時が空に
よりかかっている

さらさらと風紋がうつり
さらさらと
昼が崩れていく

ミミズの唐揚げ
モグラのシチュー
充ち足りた日々

（10・23）

川岸に出ると
きらきらと
時が寄ってくる

名詞が融け
動詞が固まると

蝶が飛ぶ

踏切が
開くのを待っている
ピエロ

（10・24）

クレーンに吊られて
揺れている
石の屍

真昼
街角を曲る

カミュ

白地図の端が
消えていて
昨日より少し大きく

晴れわたる空に
ひと筋
まっ青な虚構

（10・27）

天井に電灯
床に机
時が凍っている

（10・28）

葉裏きらきら
その向うで時が
眠っている

日が部屋にさしこみ
その先でうろついている

透明な〈時〉

（11・1）

犬が寄ってくる
猫が寄ってくる
とんでもない日

（11・2）

壁の字を
壁の向うで
読んでいる

下の本が
心地よげに
息をしている

（11・5）

抜き忘れられた棒が
しっかりと
立っている

（11・8）

笑っている人が
突然
にっと笑う

（11・9）

満月が割れて
夜が割れて
ひろがる青空

（11・25）

空が割れると
割目からこぼれてくる
死者の記憶

ある日
ふっと0が1になり
ふっと0にもどる

〈私〉のなかの
除外次元が
きらりと光る

島に墓
その島に毎日
無人の舟が着く

（11・30）

今日もまた黒い穴に
吸いこまれてゆく

神の死体
〈私〉の死体

（12・1）

小魚の群れが
さかのぼる
遠くに城

（12・18）

魚の口から
人の尻が出ている
処刑台は休み

砂漠には
星が出て
スナイパーは眠る

熱気球の火が消え
あかるい方へ
消えていく

（畢）

あとがき

JR埼京線の戸田駅から新宿駅までは20数分。たいていは二つ手前の武蔵浦和駅から出る電車に乗る。座るのは優先席。座ると、午後から句会のあるときは、いくつか句を作る。そうでないときは、ぼーっとしていることが多く、そんなときふっと単語が浮かんだりちょっとしたイメージが浮かんだりすることがある。単語からはイメージがひろがる。

それを3行その他の言葉にして小さいノートに記すようになったのは2022年。その年に記したのは137で、それを大島英昭さんと土田由佳さんに100に絞ってもらった。
2023年のノートを見ると、163あり、今度はおふたりに自由に絞ってもらうと125になった。

大崎紀夫

2024年3月1日

著者略歴

大崎紀夫（おおさき・のりお）

1940年（昭和15年） 埼玉県戸田市に生まれる

詩集に『単純な歌』『ひとつの続き』 句集に『麦わら帽』など12冊
旅の本に『湯治場』『旅の風土記』『歩いてしか行けない秘湯』
共著『つげ義春流れ雲旅』
釣り本に『全国雑魚釣り温泉の旅』をはじめ17冊
他に『農村歌舞伎』『ちぎれ雲』『ちぎれ雲２』『地図と風』『nの方舟―大人の童話』など

現住所＝〒335-0022 戸田市上戸田１－21－７

３行詩その他125・２０２３

2024年３月30日 第１刷発行

著　者　大崎紀夫
発行者　大崎紀夫
発行所　株式会社 ウエップ
〒160-0022 東京都新宿区新宿1-24-1-909
電話 03-5368-1870 郵便振替 00140-7-544128

印刷 モリモト印刷株式会社

※定価はカバーに表示してあります　ISBN978-4-86608-158-8